KB214082

바람은 달고 시다

수우당 시인선 016

바람은 달고 시다

2024년 10월 30일 초판 인쇄

지은이 | 임미란
펴낸이 | 서정모
펴낸곳 | 도서출판 수우당

주 소 | 51516 창원시 성산구 외동반림로 126번길 50
전 화 | 055-263-7365
팩 스 | 055-283-8365
이메일 | dlp1482@hanmail.net
출판등록 | 제567-2018-7호(2018.2.12)

ISBN 979-11-91906-36-3-03810

값 12,000원

수우당 시인선 016

임미란 시집

수우당

임 미 란

경남 밀양에서 태어났다.
2000년 『밀양문학』 13집에 시를 발표하면서 활동을 시작했으며,
시집으로 『외딴집』(갈무리, 2013)이 있다.
『불교와 문학』 신인상을 수상했고, 밀양문학회 회장을 지냈다.

dlaalfks1976@hanmail.net

설익은 풋감 같은
때로는 군내 나는 김치 같은
알맞게 잘 부푼 찐빵같이 말랑한
나의 두 번째 보따리

지나는 바람도 악동 같은 새들도
허리 굽은 할매들도 시도 때도 없이
기웃기웃 눈치를 보는

그들이 불러준 온갖 말들을
넙죽 받아서 입속에 우물거리다
남몰래 부르던 나의 노래

2024년 가을
종남산 자락에서 임 미 란

|차 례|

시인의 말

제**2**부 ── 밀양 사람

제3부 ── 비 오는 날

제4부 —— 저만치

제 1 부

적당한 거리

다블산

온종일 비둘기가 꿩이
오목눈이가 직박구리가
또 까치와 까마귀가 북적거리다
밤이면 소쩍새까지 가세합니다
요즘은 노란 꾀꼬리도 찾아왔는데요
어느 순간 와글거림이 뚝 멈춥니다

숲을 밟고 가는 달달한 물기들 때문이지요
긴긴 봄 가뭄에
잎사귀 하나에도 수천 개의 숨구멍이 있다는
초록들은 이제야 깨어나
한 방울이라도 놓칠세라 몸을 뒤척입니다

다블산 | 작약 · 30×40(2023.10)

적당한 거리

배나무 방제작업을 할 때
꼭 쥐면 부서질 것 같은
산토끼 새끼를 잡았다가
콩닥이는 심장 소리에 놀라
데려온 곳에 다시 놔 주었다

배 열매 솎기 지겨워 돌아보니
겁먹은 눈이
저만치서 주위를 맴돈다

매실 열매 따는 날
풀숲으로 숨어든 꽁지 하나

달포가 지나도록
저 혼자 앉았다 가는
적당한 거리를 유지하는
참 얄미운 연애다

적당한 거리 | 감과 참새 · 20×30(2024.07)

밥상머리

숲 그늘에 숨어든
까마귀들과의 거리는
불과 오륙십 보 정도이다

아침 밥상 받을 시간과
저녁 밥상 물릴 시간을
용케 아는 놈들에게
익어가는 배들은
잘 차려진 밥상이지

나는 평화를 가장하고
원두막에 나와 앉아
청량한 꾀꼬리 소리 듣는다

부풀린 내 몸짓을 보았는지
검은 울음들 슬몃슬몃 산을 넘는
그림자가 더욱 짧아지는 한낮

새털구름 여유로운 저 기슭엔

다영이네 감밭과

주야네 배밭이 있다

다육이 꽃

언젠가 다육이 농장에 갔을 때
수천 점 아니 수만 점도 넘을
앙증맞은 다육식물
막 피려는 꽃대가 분질러져 있었다

꽃으로 가는 영양분을
막기 위해서라지만
어쩌다 한번 힘들게 피우는 꽃

더 푸르거나 더 붉거나 더 휘어지거나
더 변종이거나 더 특이하면
더 비싸진다는 가시가 없는 선인장

무덥고 건조한 모래땅에서
두툼한 잎에 물을 저장하며
자유롭게 살아갔을 영혼들인데

한창 꽃 피우는 시절

시골 티켓다방에서 꽃대가 부러진
정자네 열아홉 살 딸년 같다

시가 되는 말

공중 부양 중인 낙엽도
구구대던 산비둘기도
바람이 내쉬던
숨비소리에 사라지고

발목이 가느다란 참새들
떼거리로 몰려온 오목눈이들
저물녘 저잣거리
와글와글 북적북적
매실나무 아래

찔레 가시덤불과
높다란 산뽕나무 집
바스락이는 억새풀 속
하나둘 돌아간 뒤

그들이 버리고 간 말들을 주워 와
따끈따끈 활자로 만들고 싶다

시가 되는 말 | 50×28(2023.12)

객식구

풍만한 엉덩이를 흔들며
어기적어기적 닭장 철망을 비집어
날달걀을 훔치다가

부추 밭고랑에 뒤를 보고서
감쪽같이 덮어 놓고
까불거리는 오목눈이 쫓아
장독대 나물 바구니 홀랑 뒤엎고는

그도 저도 심심하면
숨 끊긴 쥐새끼 한 마리
걸레질 막 끝낸 평상에 물고 올랐다가

동서남북 분간 없는
아랫집 고양이

겨울나기

옷 다 벗은 대추나무 혼자인
공터 옆 텃밭에

까마귀 가면 까치가 오고
직박구리 가면 참새가 오네

언뜻 근처 밥집 아낙 보이면
덩치 순으로 쪼르르 가 안기지만

북적이던 소리 잦아지고
어스름 길 진눈개비 내리면

저녁연기 매캐한 처마 밑
한사코 기어드는 언 발의 날짐승 있다

윤팔월

무거워진 어둠 속에 갇혀
놈이 오는 소리를 듣고 있어요

종남산 깊은 숲속 어딘가에서
쉼 없이 달려왔을 저 거친 숨소리

주렁주렁 열매를 매단 배나무 사이
누렁이도 비칠비칠 달아나고

더위가 한 풀 꺾인 윤팔월 그믐

주린 배를 안고 서성이는 저것과
허물어지려는 경계를 붙든 나

아무 일 없다는 듯 머리 위로
별들만 쏟아져 내리는 그믐이었어요

24

다블산 언덕

배고픈 식솔들 위해
이산 저산을 들들 볶는
꿩이며 비둘기 까마귀의 아우성과
화들짝 들이닥치는 바람
일제히 몸 뒤집으며 파들거리는
배나무 이파리들과
간간이 관음사 쇠종 소리
귀가 간지러워 끙끙대는 누렁이
"동민 여러분 마을 회관 앞에
소금 있으니 찾아가세요"
산등성이 넘어 숨차게 달려온
동암마을 이장의
빵빵한 확성기 소리

손끝 닿으면 금세 초록으로 물드는
오월의 저물녘

돌 던지기

용제네 밭 수숫대 놀라 서걱거리고
언덕길 버드나무 잎 팔랑 뒤집어졌어

순한 개울물도 어린 내 심장도
사정없이 요동쳤지

갓 쪄낸 감자 같이 폭신폭신한 햇살
파도가 휩쓴 환한 그 빨래터

단편 영화 같은
눈 뜨고도 꾸는 꿈이었어

지하철 안에서

"문을 닫습니다 문을 닫습니다"
문이 열렸다 닫히기를 여러 번

열차와 승강장 사이에 낀 손수레와
허리를 절반으로 접은
소금에 졸아든 고등어 한 마리

이승과 저승 같은 아득한 경계
제 무게로 버티는 보따리
몇몇이 끌어당겨 문이 닫히자
비좁은 자리에 엉덩이를 척 걸치더니
"내가 좀 느려서 그래예"

뭇 시선을 느끼면서도
내려오는 눈꺼풀 어쩌지 못하고
해종일 노점을 뒹굴었을
비릿한 내음 풀어 놓는다

1960년생 정숙이

종일 쪼그리고 앉아
모판에 볍씨를 넣을 때도
비닐하우스 딸기를 혼자 따낼 때도
신나는 너털웃음으로 대신하던 여자

미간을 찡그리며 보던 남편 흉도
점점 자랑으로 이어지던 그 여자가
어찌어찌하다 보니
복부에 호스를 주렁주렁 달고
부산대학병원에 누웠다

농사는 시기를 잘 맞춰야지
뻐꾸기 울면 콩 심는 시기인데
동네 앞산 뻐꾸기는 이제 울었을까
봄 가뭄에 딸기 모종은 사름이나 했을까
끼니마다 남편은 어쩌고 있을까

이참에 푹 쉬어나 가지

볕에 바짝 탄 육신만 끌고 와
멍하니 부신 창밖만 바라보던
저 허깨비

1960년생 정숙이 | 찔레꽃 · 26×92(2024.01)

소전1길에서

그믐인지 달도 없고
가로등 불빛 깜빡깜빡 조는데
까까머리 머슴애가
고개 쭉 빼고 바라보던 골목 안
조그만 계집애 하나
묶은 꽁지머리 달랑이며 나온다

한동안 못 만난 듯 어쩔 줄 몰라
두 손을 꼭 잡고 마주 보더니
이마 머리칼을 쓸어 주던 까까머리가
살짝 입술을 맞춘다
놀라 멈칫하던 꽁지머리는
살그머니 머슴애 품에 가 안기는데
오직 그것뿐인데

차마 내리지 못하고
엉거주춤 훔쳐보던 자동차 안
찌르르한 백만 볼트 전류가

찌르던 밤이었다

차정의 노래
-제대리 박차정 의사 묘소에서

가파른 이곳까지 와 줘서 고마워요
오신다는 기별을 하느라
봄바람이 샐쭉하니 짓궂었나 봐요

이 남녘땅에 몸을 누인지
일흔 해가 지났지만
내 나이 아직도 서른넷이네요

떠도는 바람결에 약산의 소식은 들었지만
곤륜산 전투 때처럼
혈기왕성하고 젊어 보였나요
지금도 주홍 글씨 가슴에 선명하던가요

간곡한 내 기다림 아는 듯
진달래 붉게 피는 땅
바람이 이끄는 길을 따라
지친 몸 누일 고향으로
돌아오라 전해줘요

*차정: 박차정
*약산: 김원봉

겨울밤

오랜만에 만나는 친구들 모임 날
앞다투어 이야기 보따리 푸는데
아버지 기일이 다가온단 친구
치매인 엄니 요양병원에 모셨다는 친구
의식 없이 산소호흡기에 의지한 어머니 보며
억장이 무너졌다는 친구
또 누구는 심폐소생술은 안 된다고
먼 길 가실 엄니
여린 가슴 차마 칠 수 없었다는 말에
일순 조용하더니 옆에서 누가
팽 코를 푼다

제 2 부

밀양 사람

퐁퐁할매

서른 즈음 저 아랫동네에 살 때
바람이 잦거나 궂은 날이면
아기 같은 커다란 바랑을 업고
주방 쪽문을 살살 두드리던 사람

주방세제 이름인 퐁퐁 통에 물을 담아
의식을 치르듯 손과 입을 씻고
선걸음에 밥을 먹거나
빗물에 말은 국밥을 후딱 해치우고는
며칠 동안 코빼기도 보이지 않던 사람

대지가 불가마처럼 달아오르면
떡 벌어진 당산나무 그늘을 다 차지하고도
눈이라도 마주치면 이리저리 침을 뱉다가
이년저년 해대다가 목구녕에 불난다고
퐁퐁 통의 물을 쪽쪽 빨아 마시더니

아침이면 쪽진 머리 곱게 빗고
볼그족족해진 얼굴로

사포 마을버스에 오르는

강아지풀 간질이는 바람처럼

와도 그만 가도 그만인 사람

퐁퐁할매 | 등나무꽃 · 25×65(2024.04)

골목길에 서서

아직 인사도 트지 못한
영진산업 기숙사라는 아랫집

오목눈이가 마구 쪼아대는
깨어진 유리 날 같은 햇살 아래

눈망울 큰 남자들이
매실나무 가지마다 빨래를 너는데

나는 안 보는 척 흘낏거리고
까만 얼굴들은 목례를 한다

파키스탄은 또 얼마나
먼 땅인지

가끔씩 골목길 가로지르는
구슬픈 노래 있다

골목길에 서서 | 모란 · 34×73(2024.07)

밀양 사람

서울서 택시 타고 딴엔 서울말로
"불광동 갑시다"
경상도 보리문딩이 표시 나는갑데
오랜만에 고향 까마귀 만났다꼬
자꾸 말을 시키는 기라
식겁했데이

밀양 사람들은 거칠고 쪼매 투박해도
말끝에 늘 "양"자를 붙이제
"아있나양", "있제양", "하는데양"
"그자"의 준말이라 카는데
쑥개떡 조청에 찍어 먹듯
달착지근한 것이
그기 또 죕이는 기라

또 엄마를 "옴마"라 안 카나
디기 놀랐을 때 "옴마야" 한 마디믄
춘삼월 눈 녹듯 두려움이 사라진데이

그런 기 하루아침에 되것나
뭉그적거리며 서로 오래 젖은 사람이라야
그런 찐한 소리가 나오는 기라

나팔꽃 1

큰댁이 살던 동네에서
잔술을 팔던
붉은 입술의 작은댁 옥이 엄마
까딱 시비라도 붙으면
몇 시간이고 욕을 해대다
날 궂고 손님 끊어질 때면
술청에 앉아 가만가만 울기도 하다가
어쩌다 그의 남정네라도 오는 날이면
코맹맹이 소리로 집안을 채우던
가을걷이 끝나가는 누런 들깨밭에
곱게 치장하고 한사코 기어오르는 꽃
이리저리 뒤엉켜 뽑을 수도 없는 꽃
입동 지난 지 수 삼일
대책 없이 또 싹을 틔우는
진보라 저 물 젖은 입술

나팔꽃 2

온 동네 입방아 오르도록
엉덩이 흔들며 걷는 여자
씨앗을 잘 맺는 나팔꽃처럼
아이 낳이 잘 하는 여자
늙은 시어미와 오남매와
몸뚱어리밖에 가진 게 없는 여자
지아비 잃고서도
지분지분 분내를 풍기는 여자
사는 것이 막막하다며 오두막집으로
남의 남정네를 숨기는 여자
착착 감기는 덩굴손으로
무엇이든 부여잡는 여자
아침이면 새로운 꽃을 피우는
나팔꽃을 닮은 여자

나팔꽃 3

삶은 듯 호박넝쿨 축축 자빠진
된서리 길에
낭창낭창한 허리
진홍색 입술로 나와 선 저것
오메 어쩌면 좋아

꽃 피는 봄이면 정신을 놓아
둑길에서 고샅길에서 저 혼자 히죽이다
소박맞고 돌아온 저것 오메 저것
어쩌다 맑은 정신이면
두고 온 자식
꺼이꺼이 제 가슴 쥐어뜯던 숙이야

혼자서 가눌 수도 없는 몸
가을도 끝자락
쑥부쟁이 듬성한 둔덕에 서서
아슬아슬 덩굴손으로
돌돌 말린 치맛자락 풀어 내리는

저것을 어쩌면 좋아

돌돌 말린 치맛자락 풀어내리는
아슬아슬 덩굴손으로
나팔꽃 엄마란 지음

나팔꽃3 | 32×52(2023.07)

빈집

아랫도리 허물어진
녹슨 철문 위로

화안히 내다 걸린
산수유 꽃등

밥 한 끼

연금리에서 가산댁 모르면 간첩이라는데요
무릎 관절 통증이 도진 탓에
베개를 끌어다 누웠다가도
자글거리는 새소리와
중천으로 떠오른 해를 보면
자신도 모르게 벌떡 일어나
다리를 끌면서 노인정으로 가는데요

때맞춰 배꼽시계에 의지하는
쭈글쭈글한 사람들 하나둘씩 모이고요
여든넷 가산댁 아주머니 동동거리면
창 너머로 이미 밥내 퍼지고
참기름 내 진동한답니다
셈법이 필요치 않은 가무잡잡한 얼굴들
밥맛은 맛내기 조미료 없이도 꿀맛입니다

가산댁 아주머니 자식들에겐 비밀이라며
오늘도 신명나게 밥하러 갑니다

어리연꽃

어리연 피는 연못에 여자가 죽었다
스스로 물에 뛰어들었다 했고
남편이 밀어 넣었다고도 했다

소문의 진위는 알 수 없었지만
시어머니 동네방네
바람난 여편네라 게거품을 물었다

밀양아리랑축제 때 그 집 남자
삼문동 솔밭에서
신나게 춤추고 노래를 하고
딸 같은 여자와 아들까지 보았다더니

생의 절반을 진창 속에서 살아
연한 바람에도 흔들려야 했던
수더분하고 말이 없던 그녀

수초 속에 숨어 잘 보이지 않다가

가슴이 답답해지면
슬며시 떠오르는 저 진노랑꽃

이사한 날

이슥한 밤
아랫집 녹슨 대문의 묵직한 울림과
잘잘거리며 슬리퍼 끄는 소리

옆집 할배네 강아지들 자다 깨어나
동네를 왕창 떠메고 가는 소리

뒷집 할매 담장으로 떨어지는 풋감
후다닥 달아나는 도둑고양이
끊어지고 되살아나는 풀벌레 울음

예림서원 마당 커피자판기 앞에
담배를 꼬나문 젊은것들
난장판을 만드는 오토바이 소리

몇 천 년 살아온 것 같은
예림서원로 108-8

참 고마운

짐도 채 풀지 못한 이삿날
대문께로 나갔더니
부자 되라는 뒷집 할매
마트에서 상품에나 끼워 줬을
아끼다가 쓰지 못한
키친 타올 한 개

잘 익은 홍시 몇 개
현관 앞에 놓고 온 날
정은 거저 받는 거 아니라고
꼬깃꼬깃 지갑에서 꺼내는
자식들이 주고 갔을
삼푸 샘플 두 개

노인정 가시거나
골목길에서 마주칠 때
육십이나 먹은 나를 보고
선물처럼 불러주는
새댁이라는 말

치매

보릿고개 말도 마소
봄만 되면 꼭 양식이 떨어지데
멀리 나가서 캐온 나물로
가마솥에 시퍼런 나물죽이나
된장을 푼 멀건 쑥국으로
배는 곯지 않고 살았어
들에 일하다 돌아올 때면 두고 온
나물죽 생각에 발걸음이 막 빨라지데
요새는 뭘 먹어도 그만치 맛난 게 없어
그게 뭐라고

언덕배기 퍼질러 쑥 캐던 그녀가
매실 꽃냄새에 취한 바람과
그 곁에 졸던 고양이와
밭고랑에 강낭콩 심던 나에게
했던 이야기 또 하고 또 하더니

그 집 단풍나무 물오르는 날
대문에 빗장 걸어 요양원으로 떠나셨다

대문 앞에서

종남산 꼭대기가
눈앞으로 바짝 다가앉는
비 갠 아침

수염을 달고 선 옥수수 골에
뒤를 보다 달아나는 고양이

골목 안 어느 집 아이들이
폴짝거리며 학교에 간다

만추

겨울을 재촉하는 비가 잠시 내린 뒤

붉은 산수유가 기대선 토담을 지나
입술이 시퍼런 무밭을 지나
노란 이불 깔아 놓은 은행나무 지나
어둑어둑한 오르막 고샅길

등이 굽은 보행기 셋

못골 할배

화악산 아래 소나기 먹구름 오는데
이쪽은 하늘이 말개
후사포에 비 오긴 글렀어

문 밖 지팡이는 이태 동안 그 자리라
못골댁 고함소리 담장을 넘어가도
이젠 입을 다물고 말아

이승인지 저승인지 가물가물 깨어나
가늘어진 발목을 만지며
쪽문으로 저 흰 구름만 보고 있지

복달더위 속 와 줘서 고맙구만
방문 목욕하는 날이라고
떨리는 손으로 면도까지 하였다네

소나기 꿈

새들새들한 부추밭 들깨밭 콩밭
축 늘어진 호박넝쿨
거미줄에 뒤엉킨 하루살이까지
생명 가진 것들 더 목이 타는
해거름 참

"지는 해 함 보거래이
어찌 저리 고울꼬
비 오기는 또 글렀구마는"
호미 든 안집 할매 눈동자에
핏빛 노을 실렸다

또롱또롱 별들 돋아나
어둑살 더 깊어지면
소나기 꿈이라도
시원히 꾸었으면 좋겠다

제 3 부

비 오는 날

나무 이야기

후사포 동구 큰 은행나무가 새벽이면 운다고
그 겨울 다 가도록 길조나 흉조를 점치며
근처 자판기가 북새통이 났지

정월 대보름이 막 지난 열이레
할배 제사를 마치자마자 모두 달려갔지
쏘아대는 달빛을 받고 선 나무는
천 갈래 만 갈래나 되는 가지로
별들을 하나하나 떠받치고 있었어

둥치에 가만히 귀를 대 보았지
우웅우웅 귀기 서린 듯한 떨리는 소리에
우리는 제 정신이 아니었어
순간 어디선가 시커먼 게 푸득
허공으로 사라지고
또 하나가 푸드득 따라가더니
열이레 달빛만 살금살금 기울었지

나무이야기 │ 자작나무 · 26×34(2024.09)

날이 밝고 동네 사람들이
가지 사이로 난 구멍을 찾아
은행나무의 입을 막아 버렸어
그곳에 들앉아 나무를 조율한 게
무엇인지 끝내 알 수 없었지

그 뒤로 한동안
은행나무 앞을 오며가며 말을 걸었지만
돌아오는 건 없었어
새벽이면 은행알 바닥에 좌악 쏟는 걸로
답을 대신할 뿐이지

종남산 진달래

바람은 팽팽하다 느슨하다
아이 볼처럼 부드럽고

벚꽃 길에 오종종 사람들 모이고
넘치는 라일락 향내
산 아래 봄은 예전 것이 아니다

지난밤 거센 삭풍에도
저 산마루
볼이 확 붉어진다

봉인된 외로움
부신 볕에 풀렸나
온 산 뜨겁다

비 오는 날

하릴없이 손 놓고 있어도 되나
낮잠 원 없이 자 보고
밀린 집안일이나 후딱 해치우나

고인 물마다 송홧가루 떠다니고
축축 늘어진 배나무 밑
내가 끌던 사다리도 오늘은 쉬겠네

뜨락처럼 펼쳐진 구름에 숨어
목이 쉬는 장끼 한 마리
이 산 저 산 다 공짜 같은 날

저녁 시간

하루 일 마치고 들앉은
고단한 외딴집

유리창을 데우는
따스한 불빛 아래

백 마디 말보다 더 깊은
침묵을 깔아 놓고

아낙은 부지런히
개수대 그릇을 부시는데

지아비 실팍한 등 둥글게 말아
톡톡 발톱을 깎는다

몸살

갓 옮겨 심은 들깨 모종
모가지를 축 떨구고 있다
푸석푸석 거름기 없는 땅
뿌리내리려
몸살을 앓는 중이다

태풍에도 끄떡없었던
하늘을 떠받친 벚나무
자잘자잘 흔들리는
무성한 이파리 그 위로
햇살은 지랄맞게 부서지고

심한 몸살 며칠 앓고 나면
저렇게 뿌리내려
하늘을 떠받칠 수 있나
근지러운 발밑을 본다

메주를 끓이며

장작불을 들쑤시자
가마솥 눈물 난다

뜨거운 가슴이 확
북받친다는 것인데

가슴 열고 실컷
울어 본 날 있나

찬바람 매운 연기
따라서 눈물 난다

뉴-크리스마스

거친 바람이 살을 에는
밀양 도서관 앞뜰

알전구 갑옷 칭칭 감은
두 팔 벌린 나무들
잠 못 이루는 밤

고요한 밤
거룩한 밤

경칩

저 멀리 비탈밭
탈탈탈 경운기 소리

연둣빛 부추 밭에
왕왕대는 꿀벌

볼록볼록 산수유 꽃가지
구구대는 멧비둘기

언 땅 녹았다고
새날 왔다고

지는 꽃

달거리가 멈추니 참 편하다
냄새가 날까 새어 나올까
걱정 않아도 된다

알르레기 피부염이 온몸을 뒤집어 놓을 때
심장이 두근두근 소용돌이칠 때
혹 더운 기운이 온몸을 훑고 지나갈 때는
참을 수 없을 만큼 짜증이 났다

마주치는 사람이 누군지 또
냉장고 문을 열고 서 있기 일쑤였다
적절한 단어들이 얼른 떠오르지 않고
거울 앞에 선 모습이 어색해질 즈음

동네 친구들은 무늬만 꽃이라 농을 치지만
필 때도 질 때도
꽃은 꽃이라 말해주고 싶다

장마

어제도 그제도 비 오고 공치는 날
진탕 마신 술값은 누가 내나

편들어 줄 사람 하나 없고
푹 삭은 개들만 목이 쉬어
고성이 오가는 대문 앞

뒤엉킨 두 사내가 흩뿌린 듯
핏빛 능소화 진다

뜸을 들이다

끓는 물에 국수 가락 던져 넣고
젓가락으로 휘휘
마른 국수를 삶는다

휘감기고 풀어지다 제 격정에 못 이겨
이리저리 곤두박질을 치는 면발들

점점 투명해지는 면발에 속아
찬물에 바로 건져 올리면 안 되지
끓어오르던 순간 잠시 다스려야 하지

불을 끄고 뚜껑을 덮고
퍼지기 직전의 아슬함을 지나야
쫄깃함으로 되살아나는 것

설익은 사이나 진득한 사이나
그렇게 뜸 들일 수 있다면
세상은 또 얼마나 탱글탱글할 것인가

뜸을 들이다 | 석류 · 26×92(2024.01)

입춘

종남산 골안개는
산비알을 타고 내려와
알싸한 풋마늘 밭을 지나
높은 은행나무 꼭대기 지나
벌판 보리밭을 건너가면
꽁지 젖은 참새들
시누대 숲으로 몰려들고

할배 보내고 울어 쌓던 못골 할매는
대문 밖 늙다리 감나무
봄물 오르는 소리에
꿈인가 내다보네

나무젓가락

일주일에 한두 번 다정한 그이들이 와요
탁자 위의 수저통이나 냅킨이나 물컵처럼
얌전히 앉아 김 서린 창밖을 보거나
휴대폰을 만지거나 물을 홀짝거리며
맛있는 국수가 나오기를 기다려요
남자는 걸음을 천천히 걸어요
손도 심하게 떨어요
챙이 넓은 모자를 쓴 여자는
국수 그릇을 앞에 놓고
호주머니 속 나무젓가락을 건네요
남자의 손가락이 힘이 없거든요
국수를 남긴 남자에게 조금만 더 하고 권해요
남자가 아기처럼 인상을 쓰고
여자는 엄마처럼 하하 웃어요
검은 머리 파뿌리 되도록 한세월 보낸
그이들이 거리에 나서면
홀린 듯 환한 햇살도 따라 나서네요

봄 마중

간밤 촉촉이 비 긋더니
담장 안은 온통 살구꽃 천지
그 참에 바람은 달고 시다

겨울잠 막 끝낸
유리알 같은 사람들
햇살 듬뿍 등짝에 지고
가벼이 들로 밭으로 가네

대문 밖 오래도록
깨금발로 선 내 그림자
더디 오는 앓아도 좋을 사랑

봄 마중 | 자목련 · 19×32(2024.07)

푸른 힘

푸른 잎 갉아먹고
푸른 혈관으로
푸른 똥 싸다가

배추꽃 노랑 무더기
팔랑팔랑 떠가는
배추흰나비

가을은

몇몇 일 밤 찬 이슬에
강낭콩 꼬투리 꼭꼭 여물어
초록 세상은 슬슬 피돌기를 멈추네

스읍 베어 물면 더욱 단맛이 든 가을바람
엎드린 등판 위로 후두두 알밤 떨어지고
까마귀 검은 울음 파란 하늘 가르며 간다

가을 사랑

꽃이란 꽃 죄 말라
스산한 바람에 실려 가고
늙은 감나무 제 손으로
뚝뚝 잎 떨구는 날

시 노트에 펼쳐진 가을 뜨락
오라는 시는 안 오고
봉숭아꽃 빈 대궁에
화르르 날아오르는
흰 나비 한 쌍

앞서거니 뒤서거니
다가서다 달아나고 또 다가가
애초에 한 몸인 듯 아득한

팔랑팔랑 꽃밭 귀퉁이를 수 놓다
머잖아 눈발 앞으로 내몰릴
저 사랑도 끝물이다

제 **4** 부

저만치

싸움터 1

"상대편 변호사가 이렇게 질문하면
이렇게 답하셔야 해요"
한나절 연습하고 재판 당일 또 연습을 해
조상님 땅 지키고자
작은아버님 증인석에 앉으셨다

상대 쪽 변호사의 교묘한 질문에
자꾸 꼬이는 대답
지켜보는 모두의 눈빛에 날이 선다

나는 머릿속 핏줄이 터질 것 같아
그거 아니라고 손사래만 쳤는데
경관이 와서 한 번만 더 하면 퇴장이라니
경기가 끝날 때까지 응원조차 할 수 없는 곳

입가에 맴돌던 다 못한 말
팔순이 가까운 작은아버님
어둑어둑한 법정을 빠져나오며

십 년은 더 늙으셨다

싸움터 2

실한 뿌리로 비탈땅 꽉 붙든 배나무들
한사코 그곳으로 숨어드는 멧돼지들
경계가 필요 없는 날개 달린 것들
허리를 접어야 보이는
개불알풀 노루발풀 꿀풀들
찔레 가시와 청미래덩굴 엉켜진 소나무 숲
잡풀 무성한 몇몇 봉분들이 전부인
전사포 산 9번지 오천 평

물려주신 땅
후손들 이쪽저쪽 편 갈려
가슴 아프게 서로를 겨누는 곳

소한 즈음

젖도 덜 떼고 데려온 강아지가
주위가 사위어지자 끙끙 울어 댄다

해외로 입양되어 갔다는
티비 속 남자는 영어로 말하고
나는 자막을 읽는다

사십 년도 더 지난 강보에 싸인
아기 사진 내어놓고 꺼이꺼이 우는데

두 소리 하나로 겹쳐지고
구들방에 등을 지져도
달달 떨리고 허기가 지는 밤이다

다림질을 하며

속이 훤히 비추이는
야들야들한 블라우스 소매 깃
두 줄이 겹쳐져 있다
스팀다리미로도 어쩔 수 없는
저 완강한 고집

날줄 씨줄이 팽팽했을 때
자주 펴 주었으면 좋았을
변색된 장미꽃 무늬

입으면 참 편하다

오래 같이 산 사람도 그렇다

아랫목

다큐멘터리 채널과
스포츠 채널로 싸우다가도

김 오르는 저녁 밥상을 받고
낮 동안의 안부를 묻는

세상에서 가장 따뜻한 곳

간절한 기도

만 65세가 되면 정부에서
노령연금을 준다는데
남편이 내년에 그 나이입니다

재산세 고지서에 숫자가 높을수록
노령연금과는 거리가 멀어진다며
친구가 불평을 합니다

하느님 부처님
이제부터 나도 나랏돈 말고
재산세나 많이 내게 해 주세요

사월의 신부

행진곡이 울려 퍼지자
순한 봄바람은 햇살을 말아 오고
금시당 앞으로 흐르는 강물도
민들레꽃 제비꽃을 보내어
사월의 신부를 축복하는구나

서른 해 전
산언저리마다 진달래 곱고
천지가 초록으로 깨어나던 날
내 어머니 꽃배 타고
먼 나라 가시는데
갓난쟁이 안고 울음을 삼키던 나는
지금의 네 나이였다

나 태어나 잘한 일은
너를 낳은 일
목숨을 너에게 준들 아까우랴
화관을 쓰고
둥지를 떠나는 내 딸아

그 봄날

개울가 허리 굵은 살구나무
꽃잎 왕창 틔우던 날
둑 너머 낙상걸 긴 밭
아버지와 감자를 심었네

솜털을 간질이는 바람이
촉촉한 보리밭 둘러오면
나는 손차양을 치고
먼 하늘 가물가물한 종다리 보네

"애야
한 걸음에 하나씩 놓거라
봄비 잦으니 뿌리가 실하겠구나"

동네 기집애들은 쑥 뜯으러 가고
볼록한 파꽃 한 줌 짓이기다
아버지와 종일 감자만 심었네

그 봄날 | 금낭화 · 39×22(2024.06)

사랑

꼭두새벽 일 가신 부모님 대신
열에 들뜬 내 이마에 얹히던
여남은 살 울 언니
서늘하던 그 물수건

찬바람 이는 하굣길
얼어붙은 미나리꽝 지나면
마중 나오시던 울 아버지
화롯불에 구운 자갈돌 두 개

보릿고개 시절

밥때 딱 맞춰 딸네 집 오시는 한 동네 사시던 외할머니

가마솥 한 줌 쌀밥은 외할머니 몫입니다

대문을 들어서는 구릿빛 아버지와 눈빛 까만 자식들을 위해

어머닌 나머지 보리밥과 된장과 푸성귀들을 섞어 비벼 주십니다

보리밥과 된장과 푸성귀들만 달게 드시는 외할머니

그이 치마폭에 숨긴 밥그릇을 어머닌 못 본 척하십니다

포슬포슬한 쌀밥은 외할아버지 세 번째 부인의 제비 새끼 순이 이모 차지이지요

순이 이모와 동갑인 둘째 언니가 학교에서 십리 길을 걸어 집으로 옵니다

울 아부지

평생 흙만 파고 살아 큰 부자는 못 되어도
내리 일곱 딸을 두어
그 딸부자 소리 참 듣기 좋다고 하셨지예

봄이 더욱 깊어져 온 식구 보리밭 매고
힘들어 하는 내 머리 쓰다듬으며
밥값은 못 했어도 참 욕봤구나 하셨지예

늦은 밤까지 친구들과 포도 서리하다
뒤꿈치 들고 마당 가로지를 때
얕은 기침 소리는 알고도 모른 척하셨지예

마흔, 쉰, 예순, 일흔의 고개를 넘길 때
아홉이라는 숫자가
목구멍에 걸린 가시처럼 아프다고 하셨지예

아부지 맞지예

저만치

신호가 바뀌자 툭 터진 봇물처럼
우르르 쏟아져 나가는 사람들 사이
딸아이는 내 손을 잡고 한 발 앞서 걷는데

물에 데친 듯 축 늘어진 벚나무 길
언젠가 열기에 달아오른 얼굴로 지났던 길

관절이 성성하던 내 보폭에 맞춰
어린 딸아이는 그때 뛰듯이 걸었을까

왁자한 소리마저 비릿한 자갈치 시장
무릎은 시려오고 청색 신호 깜빡이는데

원동 양반

모내기 끝나면 마을 사람들
농악 치고 한판 걸판지게 노는데
장구채를 잡고 노래하는 아내를 보면
내 어깨가 다 우쭐했어

전쟁이 터지고 원동댁이 딸을 낳았지
산모 먹일 미역 구하러 나갔다
마구잡이로 보급대에 끌려갔는데
군번이 없는 사람들이 참 많았어
우리는 탄약과 물과 식량을 나르고
주먹밥 하나로 하루를 버텼제

전쟁이 끝났다고 알아서들 가라는데
어딘지도 모르고 걷다가
빈집에 붕붕대는 벌통을 보고
얼마나 퍼먹었는지 취해 며칠을 잠만 잤어

"아리 아리랑 쓰리 쓰리랑 아라리가 났네"

이명 같은 원동댁 노래 소리를 따라 왔제
어떻게 밀양까지 왔는지 기억도 안나

삽작을 미는데 마침 원동댁이
장독대에 정한수 올려놓고
무사귀환을 빌고 있더라고

박만이

그즈음 동네에선 유행하는 노래가 있었다
남진의 '님과 함께' 보다
나훈아의 '물어물어' 보다도 더 인기 있던 노래

"만아 만아 콩만아 니 불알 몇 개고
니 불알 몇 개고 천 개 만 개 구만 개"
그가 얼굴이 벌개져 잡으러 올 때까지
아이들은 골목이 떠나가라 노래 불러댔다

동네에 초상이 나거나 잔칫날이면
힘들거나 궂은일은 그의 차지였고
남은 음식과 막걸리 몇 잔에도 고마워했다
다들 넘치는 힘이 불알에서 나온다 했다

잘 웃는 그에게 색시가 생겼다
밤마다 박만이는 얼음물을 깨고 목욕을 한다며
아낙들은 볕 잘 드는 돌담 아래서 키들거렸다

반반하던 색시가 바람 따라 떠나고
시름시름 앓던 그가 죽었다더니
초상집이나 잔칫집에서 그는 보이지 않았다

사람들은 그의 이야기를 간간이 했지만
아이들은 그 노래를 다시는 부르지 않았다
잡풀 우거진 그 집 마당가를 돌던 찬바람만
만아 만아 콩만아, 흥얼흥얼 읊조리고 있었다

며느리밑씻개

여주이씨 시엄니는 꽃다운 시절 현해탄을 건너
쪽발이들 하대와 뒤치다꺼리에 이골이 나
앉은자리 풀도 안 날만치 독해졌다는데

돈도 벌었고 내 고향 참한 처자를 며느리 삼아
자기처럼 고생은 절대 안 시킨다고
선보며 하던 말 철석같이 믿었데이

낯선 땅 입이 열리고 귀가 뚫릴 때까지
집에서 구박덩이 맨치로 일만 했어
시집 안 간 손위 시누도 호랑이 같더라고

견딜 수 없어 동경의 아는 집에 며칠 숨었더니
어린것들을 부산 오래비 집에 데려다 놓았는기라
머리칼에 서캐가 생긴 걸 보고 정신이 번쩍 들데
시엄니 앞에 무릎을 꿇었지
나를 버리고 앞만 보고 살았어

슬쩍 긁혀도 한동안 쓰라리던

가시가 달린 며느리밑씻개라는 풀 아나

미운 며느리 닦으라고 건넸다는 풀

언덕길에 수북한 그 풀을 보면

종이호랑이 된 노친네 생각에 이젠 웃음이 나와

호박죽

남편과 평상에 앉아
손등 푸른 힘줄 돋도록
사그락사그락
벌건 호박 속을 판다

장작 지핀 가마솥
푸르르 떠는 솥뚜껑은
토라진 아이 같고
햇살은 또 종일 시무룩하다

허리가 휘는 반타작인
올 농사
객지의 자식들 생각
둘은 말이 없는데

자두나무 가지에 멧비둘기 한 쌍
이렇게 살면 되지
이렇게 살면 되지
한나절을 떠들다 간다

뭇 생명을 껴안은 노래

이 응 인 (시인)

발문

뭇 생명을 껴안은 노래

밀양문학회에서 임미란 시인을 만나고 25년이란 세월이 흘렀다. 그러고 보니 그의 첫 시집 『외딴집』이 나오고 또 12년이 흘렀다. 그의 시는 읽을 때면, 한동안 나를 붙들고 놓아주지 않는 그 힘에 매료된다. 그래서 다음 시집은 언제 나오느냐고 때때로 물어보곤 했다. 그러는 사이에 10년이 흘렀다는 걸 알고부터는, 모아 둔 시를 보여 달라고 조르기까지 했다. 드디어 임미란의 두 번째 시집이 나온다. 참으로 바쁘게 사는 그를 게으른 사람이라 탓할 수는 없다. 적어도 시에 있어서는 그는 겸손한 사람이다. 이렇게 시집을 묶어도 될까, 망설이며 보낸 세월을 보면 알 수 있다.

1. 다블산 자락, 생명의 숨결

임미란 시인의 삶터는 밀양이다. 그는 밀양에서 나서 밀양에서 자랐으며, 밀양에서 살고 있다. 그것도 종남산 자락의 이쪽저쪽에 터 잡고 평생을 살아왔다. 그래서 그의 시가 펼쳐지는 무대는 종남산 자락이다. 아니 종남산 자락 이쪽 저쪽의 모든 생명 가진 것들은 다 그의 품 안에 있다고 해야 하리라. 종남산 뻗어 내린 다블산 자락에서 배밭 '이화농원'을 일구고 살았을 때나, 종남산에 기댄 예림서원 아래로 내려와 포도 농사를 짓는 지금이나 마찬가지다.

　　온종일 비둘기가 꿩이
　　오목눈이가 직박구리가
　　또 까치와 까마귀가 북적거리다
　　밤이면 소쩍새까지 가세합니다
　　요즘은 노란 꾀꼬리도 찾아왔는데요
　　어느 순간 와글거림이 뚝 멈춥니다

　　숲을 밟고 가는 달달한 물기들 때문이지요
　　긴긴 봄 가뭄에
　　잎사귀 하나에도 수천 개의 숨구멍이 있다는

초록들은 이제야 깨어나

한 방울이라도 놓칠세라 몸을 뒤척입니다

　　　　　　　　　　　–「다블산」 전문

　그가 사는 다블산 자락은 온종일 비둘기와 꿩, 오목눈
이와 직박구리, 까치와 까마귀가 북적거린다. 이들이 그의
가장 가까운 이웃들이다. 밤이면 소쩍새까지 찾아온다. 그
러다 어느 순간 "와글거림이 뚝" 멈춘다. 그 순간 온갖 소
리들이 침묵하는 자리에서 깨어나는 것이 있다. "숲을 밟
고 가는 달달한 물기들"이다. 달달한 물기들이 초록들을
깨우고, 초록들은 깨어나 "수천 개의 숨구멍"으로 물기를
빨아들이는 순간이 온다. "긴긴 봄 가뭄"에 목이 마른 잎
사귀들이 "수천 개의 숨구멍"을 열고 "한 방울이라도 놓
칠세라 몸을 뒤척"이는 이 순간을 잡아내어 그는 우리에
게 읽어 주고 있다.

　이 시는 가뭄이 이어지던 어느 봄날 밤, 와글거림이 멈
춘 순간, 어둠 속에서 "달달한 물기들"이 숲을 깨우는 장
면을 붙들었다. 어둠 속에서 숲의 초록들이 소리 없이 깨
어나 뒤척이는 것을 그는 보고 듣는다. 우리의 눈에는 보
이지 않는 이 놀라운 장면은 숲과 함께 살아온 그만이 포
착할 수 있는 것이다.

　1연에서 2연으로 넘어가며 극적인 반전이 이루어진다.

1연에서는 새들이 북적이는 산속 풍경과 소리를 펼치더니, 중간에 "뚝" 끊어버린다. 1연의 시각과 청각이, 2연에서는 어느 순간 찾아온 밤의 침묵과 더불어 미각과 촉각으로 전환되는 신비를 펼친다. 달달한 물기들이 수천 개의 숨구멍을 여는 순간을 미각과 촉각으로 잡아내는 안목이 놀랍지 않은가. 그는 이렇게 다블산 자락에서 함께 사는 생명들의 노래뿐 아니라 숨소리까지 읽어 내고 있다.

산속 농장에서 살면서, "산토끼 새끼를 잡았다가/콩닥이는 심장 소리에 놀라" 놓아 주고는, 그곳에서 눈길을 거두지 못한다. 겁먹은 눈으로 주위를 맴도는 토끼의 모습이나 "풀숲으로 숨어든 꽁지"를 볼 때면 "적당한 거리를 유지하는/참 얄미운 연애"라고 느끼기도 한다(「적당한 거리」).

익어가는 배를 노리는 까마귀와 "평화를 가장하고/원두막에 나와 앉아/청량한 꾀꼬리 소리 듣는" 화자 사이, 팽팽한 긴장 속에 여유로움이 공존한다(「밥상머리」). 또한 "종남산 깊은 숲속 어딘가에서/쉼 없이 달려왔을 저 거친 숨소리"의 주인공인 멧돼지와 "허물어지려는 경계를 붙든 나" 사이에도 팽팽한 긴장이 느껴진다. 그런 가운데 "아무 일 없다는 듯 머리 위로/별들만 쏟아져 내리는 그믐" 밤의 신비와 아름다움도 함께한다(「윤팔월」). 그곳에서 임미란은 그들의 숨결로 시를 쓰고 있다.

공중 부양 중인 낙엽도
구구대던 산비둘기도
바람이 내쉬던
숨비소리에 사라지고

발목이 가느다란 참새들
떼거리로 몰려온 오목눈이들
저물녘 저잣거리
와글와글 북적북적
매실나무 아래

찔레 가시덤불과
높다란 산뽕나무 집
바스락이는 억새풀 속
하나둘 돌아간 뒤

그들이 버리고 간 말들을 주워 와
따끈따끈 활자로 만들고 싶다
　　　　　　　－「시가 되는 말」 전문

　시인의 눈에는, 참새와 오목눈이가 "와글와글 북적북
적"한 "매실나무 아래"는 "저물녘 저잣거리"이고, "찔레 가시덤불과/높다란 산뽕나무"는 그들의 집이다. 그러니 산비둘기와 참새와 오목눈이는 그의 이웃들이다. 그는 자신의 이웃들, 온갖 소리를 내는 생명들의 말을 받아서 시를 쓰고 싶어 한다. 어쩌면 아주 오래전 종남산 자락에서 자랄 때부터, 그는 마음속에다 시를 써 왔고, 그때부터 온갖 생명의 몸짓과 소리를 시로 형상화하는 능력을 지녀왔던 것이 아닐까?

　　용제네 밭 수숫대 놀라 서걱거리고
　　언덕길 버드나무 잎 팔랑 뒤집어졌어

　　순한 개울물도 어린 내 심장도
　　사정없이 요동쳤지

　　갓 쪄낸 감자 같이 폭신폭신한 햇살
　　파도가 휩쓴 환한 그 빨래터

　　단편 영화 같은
　　눈 뜨고도 꾸는 꿈이었어
　　　　　　　　　-「돌 던지기」 전문

용제네 밭 수숫대가 놀라 서걱거렸고, 언덕길 버드나무

잎이 팔랑 뒤집어졌다.(누군가가 수숫대 사이로 나타났다가 언덕길로 사라졌다고 설명하지 않는다.) 순한 개울물도, 개울가에 있는 어린 내 심장도 사정없이 요동쳤다.(개울물에 돌멩이 하나가, 개울가에 있던 어린 내 심장에 떨어졌다고 설명하지 않는다.) "순한 개울물도"는 "어린 내 심장도"와 나란히 놓여서 한 덩어리가 되어 사정없이 요동친다.

그 요동치는 충격의 순간에 "갓 쪄낸 감자 같이 폭신폭신한 햇살"을 받은 걸로 보아, 뭔가 가슴 두근거리게 하는 상황이다. 화자는 그 순간의 심정을 말하지 않는다. 다만 그 순간 그곳을 "파도가 휩쓴 환한 그 빨래터"라고 그려내고 있다. '파도가 휩쓴'이 '환한'과 만나서 그 두근거림과 환희를 함께 살려내고 있다. 도무지 그것만으로는 부족했던지 마지막 연에서는 금세 끝나버린 "단편 영화 같은/눈 뜨고도 꾸는 꿈"이었다고 표현하고 있다.

이 시는 '개울가 빨래터'로 던진 돌멩이 하나가 가져온 충격과 두근거림을, 일체의 설명을 배제하고 다양한 비유와 이미지로 형상화하고 있다. 독자들은 시인이 제시하는 상황을 통해 한껏 상상력을 펼치면서 그 순간의 심정에 가 닿게 된다. 임미란 시인의 시적 형상화 역량을 잘 보여주는 작품이다.

2. 사람과 이웃에 대한 정

아직 인사도 트지 못한
영진산업 기숙사라는 아랫집

오목눈이가 마구 쪼아대는
깨어진 유리 날 같은 햇살 아래

눈망울 큰 남자들이
매실나무 가지마다 빨래를 너는데

나는 안 보는 척 흘낏거리고
까만 얼굴들은 목례를 한다

파키스탄은 또 얼마나
먼 땅인지

가끔씩 골목길 가로지르는
구슬픈 노래 있다
                    -「골목길에 서서」 전문

산속 농장에 사는 시인이 "영진산업 기숙사라는 아랫

집"이라고 말하는 걸 보면 짐작이 간다. 번듯한 회사의 기숙사일 리가 없다. 그곳에서 얼굴을 드러낸 이들은 "눈망울 큰 남자들"이다. 그들은 "오목눈이가 마구 쪼아대는/깨어진 유리 날 같은 햇살 아래" 빨래를 넌다. "깨어진 유리 날 같은 햇살"의 반짝임으로 보아, 화자에게는 "눈망울 큰 남자들"이 맑고 순진한 이들로 보인 게 분명하다.

빨랫줄도 따로 없이 "매실나무 가지마다 빨래를 너는" 그들. "나는 안 보는 척 흘낏거리"는데, 그 순진한 "까만 얼굴들은 목례를 한다". 그 순간 "파키스탄은 또 얼마나/먼 땅인지" 하는 생각이 저절로 인다. 고향을 떠나온 낯선 이방인들을 바라보는 화자의 눈은 아주 짧은 순간에 '멀리 객지에 자식을 떠나보낸 어머니의 마음'으로 전환된다. 그래서 "파키스탄은 또 얼마나/먼 땅인지" 하는 독백이 터져 나온 것이다. 사람을 대하는 따뜻한 마음은 이처럼 이방인을 대할 때도 저절로 묻어 나온다. 「밀양 사람」에서도 그런 따뜻한 시선을 잘 느낄 수 있다.

서울서 택시 타고 딴엔 서울말로
"불광동 갑시다"
경상도 보리문딩이 표시 나는갑데
오랜만에 고향 까마귀 만났다꼬
자꾸 말을 시키는 기라

식겁했데이

–「밀양 사람」일부

서울 가서 택시를 탔는데, "경상도 보리문딩이" 기사를
만났다. "어디서 왔는교?" 하고 물었으리라. "오랜만에 고
향 까마귀 만났다꼬/자꾸 말을 시키는" 기사 이야기를 하
면서, 그는 슬그머니 밀양 사랑을 풀어 놓는다.

밀양 사람들은 거칠고 쪼매 투박해도
말끝에 늘 "양"자를 붙이제
"아있나양", "있제양", "하는데양"
"그자"의 준말이라 카는데
쑥개떡 조청에 찍어 먹듯
달착지근한 것이
그기 또 죅이는 기라

"쑥개떡 조청에 찍어 먹듯/달착지근한" 밀양 사람들의
말은 하루아침에 생겨난 것이 아니다. "뭉그적거리며 서
로 오래 젖은 사람이라야/그기 또 죅이는 기라". "뭉그적
거리며 서로 오래 젖은 사람" 사이의 정은 더 말해 무엇
하랴. 먼 이국 땅에서 영진산업 기숙사로 온 이방인을 만
날 때나, 서울서 택시 타고 경상도 보리문딩이를 만날 때

111

나, 그는 사람에 대한 정에서 한 치도 벗어나지 못하는 사람이다. 그의 눈길이 가닿으면, 늦가을의 이 한 폭 풍경조차 정겹게 변한다.

겨울을 재촉하는 비가 잠시 내린 뒤

붉은 산수유가 기대선 토담을 지나
입술이 시퍼런 무밭을 지나
노란 이불 깔아놓은 은행나무 지나
어둑어둑한 오르막 고샅길

등이 굽은 보행기 셋
　　　　　－「만추」 전문

"겨울을 재촉하는 비가 잠시" 내렸고, 시골 마을 "어둑어둑한 오르막 고샅길"에 "등이 굽은 보행기 셋"이, 아마도 집으로 돌아가는 중일 것이다. 이 차갑고 어두운 풍경이 그의 눈을 거치면 전혀 다르게 바뀐다. 토담에 기대선 "붉은 산수유가" 보이고, 손바닥만한 밭일지언정 "입술이 시퍼런 무"가 자라고 있고, "노란 이불 깔아 놓은 은행나무"가 서 있다. "등이 굽은 보행기 셋"의 배경에 "노란 이불"을 깔아 놓으니 얼마나 따뜻하고 아름다운가. "어둑어둑한 오르막 고샅길"을 오르는 "등이 굽은 보행기 셋"을 이렇듯 따뜻하게 그려 낼 수 있는 힘은 '사람과 이웃에 대한 정'에서 오는 것이리라.

3. 그늘진 삶, 나팔꽃 같은 여성들

이번 시집에서 「나팔꽃 1」, 「나팔꽃 2」, 「나팔꽃 3」, 「어리연꽃」과 같은 시들은 눈길을 끈다. 시인이 종남산 자락 어디선가 만났던 여성의 삶을 그리고 있다. 이들은, "큰댁이 살던 동네에서/잔술을 팔던/붉은 입술의 작은댁"이거나, 지아비 잃고 "늙은 시어미와 오남매와/몸뚱어리밖에 가진 게 없는 여자"이다. 또는 "꽃 피는 봄이면 정신을 놓아" "소박맞고 돌아온" 여자이거나 "어리연 피는 연못에" 빠져 죽은 여자이다.

> 온 동네 입방아 오르도록
>
> 엉덩이 흔들며 걷는 여자
>
> 씨앗을 잘 맺는 나팔꽃처럼
>
> 아이 낳이 잘 하는 여자
>
> 늙은 시어미와 오남매와
>
> 몸뚱어리밖에 가진 게 없는 여자

지아비 잃고서도

지분지분 분내를 풍기는 여자

사는 것이 막막하다며 오두막집으로

남의 남정네를 숨기는 여자

착착 감기는 덩굴손으로

무엇이든 부여잡는 여자

아침이면 새로운 꽃을 피우는

나팔꽃을 닮은 여자

                    -「나팔꽃 2」 전문

    시인은 "사는 것이 막막하다며 오두막집으로/남의 남정
네를 숨기는 여자"를 나팔꽃에 빗대고 있다. "착착 감기
는 덩굴손으로/무엇이든 부여잡는 여자"이자 "아침이면
새로운 꽃을 피우는" 여자이다. 「나팔꽃 1」에서는 "곱게
치장하고 한사코 기어오르는 꽃/이리저리 뒤엉켜 뽑을 수
도 없는 꽃"으로 그려내고, 「나팔꽃 3」에서는 "쑥부쟁이
듬성한 둔덕에 서서/아슬아슬 덩굴손으로/돌돌 말린 치맛
자락 풀어 내리는" 꽃으로 노래한다. 「어리연꽃」에서는
"생의 절반을 진창 속에서 살아/연한 바람에도 흔들려야
했던" 여자이다. 삶의 벼랑에 몰린 그들은 "무엇이든" 부
여잡아야 했고, "아침이면 새로운 꽃을" 피워야 생존할
수가 있었다.

이러한 여성들의 삶을 나팔꽃이나 어리연꽃으로 형상화한 데서 그들을 바라보는 시인의 시선을 느낄 수가 있다. 이들을 애처로이 바라보는 시선보다 더 강한 것은, 이들의 '삶'을 은연중에 껴안고 있는 시선이다. 시인은 어디든 감고 오르는 나팔꽃 같은 삶을 보여주면서 이렇게 말하는 듯하다. '세상에 삶보다 먼저인 것은 아무것도 없다.'

4. 일상이 피워 올리는 향기

이쯤에서 내가 부러워 마지않는 임미란 시인의 감각적 표현을 말해 주고 싶다. 그는 '바람의 맛을 읽어 내는 감각'을 지녔다. "스을 베어 물면 더욱 단맛이 든 가을바람"(「가을은」)이란 구절은, 잘 익은 달달한 배를 "스을 베어" 물어 입안에 가득 그 맛이 고이게 한다. 밤비가 내리고 "온통 살구꽃 천지"인 뜰에서 만난 "바람은 달고 시다"(「봄 마중」)고 노래한다. 앞에서 보았듯이 봄밤에 "숲을 밟고 가는 달달한 물기들"(「다블산」)을 만나기도 한다.

어디 그뿐이랴. "매실 꽃냄새에 취한 바람"(「치매」)도 만나고, "솜털을 간질이는 바람"(「그 봄날」)도 만난다. "바람은 팽팽하다 느슨하다/아이 볼처럼 부드럽고"(「종남산

진달래」)에서는 볼에 와 닿는 감각이 느껴진다. 「사월의
신부」에서는 "순한 봄바람은 햇살을 말아 오고"라는 표현
을 통해 촉각과 시각의 미묘한 결합을 만들어 내기도 한
다.

> 지난밤 거센 삭풍에도
> 저 산마루
> 볼이 확 붉어진다
>
> 봉인된 외로움
> 부신 볕에 풀렸나
> 온 산 뜨겁다
>
> 　　　　　　　-「종남산 진달래」 일부

　그가 등을 기대고 사는 종남산에 진달래가 피었다. 그
에게 종남산의 진달래는 핀 것이 아니라, "볼이 확 붉어
진" 것이다. 자연 풍경이 아닌 삶의 이웃이기 때문에 그
렇다. "봉인된 외로움/부신 볕에 풀렸나" 하면서 겨울 동
안 만나지 못한 이웃을 대하는 듯 반가움이 가득하다.

> 하릴없이 손 놓고 있어도 되나
> 낮잠 원 없이 자 보고

밀린 집안일이나 후딱 해치우나

고인 물마다 송홧가루 떠다니고
축축 늘어진 배나무 밑
내가 끌던 사다리도 오늘은 쉬겠네

뜨락처럼 펼쳐진 구름에 숨어
목이 쉬는 장끼 한 마리
이 산 저 산 다 공짜 같은 날
　　　　　　　－「비 오는 날」 전문

　농부의 일상과 심정을 그려낸 시이다. 비가 오면 농부
들은 일을 쉰다고 하지만, 일이란 밖에만 있는 것이 아니
기에 "밀린 집안일"이 잔뜩 기다리고 있다. 그래도 비 오
는 날에는 "낮잠 원 없이 자 보고" 그런 다음 어떻게 할
까 하는 마음의 여유가 생긴다. 눈길이 배밭으로 향하자
"축축 늘어진 배나무 밑/내가 끌던 사다리"가 보인다. 그
순간 "사다리도 오늘은 쉬겠네" 하는 말이 저절로 나온
다. 그에게 사다리는 단순한 도구가 아니다. 함께 일하는
동료이기도 하다. 그래서 "사다리도 오늘은 쉬겠네"라는
말이 나오는 것이다.
　"뜨락처럼 펼쳐진 구름"을 보면, 그의 삶터가 상상이

된다. "목이 쉬는 장끼 한 마리"의 소리가 골짝으로 산 너머로 퍼져 나간다. "이 산 저 산 다 공짜 같은 날", 비 오는 날이다.

> 겨울잠 막 끝낸
> 유리알 같은 사람들
> 햇살 듬뿍 등짝에 지고
> 가벼이 들로 밭으로 가네
>
> 대문 밖 오래도록
> 깨금발로 선 내 그림자
> 더디 오는 앓아도 좋을 사랑
>
> —「봄 마중」일부

그는 이 산골로 찾아오는 봄을 사랑한다. 그의 눈에는 봄을 맞아 들로 나가는 사람들의 모습이 "겨울잠 막 끝낸/유리알" 같이 맑다. 그러니 "햇살 듬뿍 등짝에 지고"도 "가벼이 들로 밭으로" 간다. "대문 밖 오래도록/깨금발로 선" 화자는 기다리고 있다. "더디 오는 앓아도 좋을 사랑", 봄을 말이다.

5. 기억의 실타래, 호박죽 한 그릇

꼭두새벽 일 가신 부모님 대신

열에 들뜬 내 이마에 얹히던

여남은 살 울 언니

서늘하던 그 물수건

　　　－「사랑」 일부

「사랑」, 「그 봄날」, 「보릿고개 시절」, 「울 아부지」 등은 어릴 적 기억을 떠올려 쓴 시들이다. 부모님 대신 여남은 살 언니가 이마에 얹어주던 "서늘하던 그 물수건"은 지금도 지워지지 않고 남아 있다. "찬바람 이는 하굣길/얼어붙은 미나리꽝 지나면/마중 나오시던 울 아버지/화롯불에 구운 자갈돌 두 개"도 여전히 온기를 전한다.

"동네 기집애들은 쑥 뜯으러 가고", 나만 "둑 너머 낙상 걸 긴 밭/아버지와 감자를 심었"던 날(「그 봄날」)도 떠오르고, "밥때 딱 맞춰 딸네 집 오시는 한 동네 사시던 외할머니"(「보릿고개 시절」)도 생각이 난다. "내리 일곱 딸을 두어"도 "그 딸부자 소리 참 듣기 좋다고"(「울 아부지」) 하신 아버지도 잊을 수가 없다.

길흉을 점치던 "후사포 동구 큰 은행나무"의 울음은 "동네 사람들이/가지 사이로 난 구멍을 찾아/은행나무의 입을 막아"버린 뒤로는 들을 수 없게 되었다. 그 뒤로 "은행나무 앞을 오며가며 말을 걸었지만" 은행나무는 대답 대신 "은행알 바닥에 좌악 쏟"을 뿐이었다. 이 「나무 이야기」는 자연과 소통하며 살아온 농촌 공동체의 무너짐을 상징적으로 보여주는 듯하다. 시인 또한 조상이 물려준 땅을 두고 "후손들 이쪽저쪽 편 갈려/가슴 아프게 서로를 겨누는"(「싸움터 2」) 일을 겪게 된다.

남편과 평상에 앉아
손등 푸른 힘줄 돋도록
사그락사그락
벌건 호박 속을 판다

장작 지핀 가마솥
푸르르 떠는 솥뚜껑은
토라진 아이 같고
햇살은 또 종일 시무룩하다

허리가 휘는 반타작인
올 농사
객지의 자식들 생각
둘은 말이 없는데

자두나무 가지에 멧비둘기 한 쌍

이렇게 살면 되지

이렇게 살면 되지

한나절을 떠들다 간다

－「호박죽」 전문

호박죽을 끓이기 위해 남편과 호박 속을 파면서 "벌건 호박 속" 같은 마음을 누가 알아줄까 싶은 마음이 든다. "푸르르 떠는 솥뚜껑"마저 "토라진 아이 같고", 햇살조차 "종일 시무룩하다". 부부의 이런 마음을 다 짐작한다는 듯, 멧비둘기 한 쌍이 "이렇게 살면 되지" 하며 한나절을 떠들고 있다. 이들 부부가 호박죽 한 그릇을 나누며 다시 일어설 것이라는 점을 "한나절을 떠들다 간" 멧비둘기는 알고 있다.

임미란 시인은 사람 사이의 정에 끌리고, 사람에 감동할 줄 알고, 이웃을 바라보는 따뜻한 시선이 몸에 밴 사람이다. 뭇 생명을, 바람마저 껴안는 그의 품에서 이웃들은 다시 피어날 것이다. 종남산 자락에 기댄 임미란의 시 세계가 더 따뜻하게, 더 오래, 넉넉하게 펼쳐지기를 바란다.

■ 수/우/당/시/인/선